L'HABITATION FORCÉE

RUDYARD KIPLING

L'HABITATION
FORCÉE

TRADUCTION DE
LOUIS FABULET ET ROBERT D'HUMIÈRES
ILLUSTRATIONS EN COULEURS
DE
JESSIE M. KING

ÉDITIONS RENÉ KIEFFER
18, RUE SÉGUIER
PARIS 1921

L'HABITATION FORCÉE

Cela vint sans avertir, à l'heure même où sa main étendue allait ne faire qu'un chiffon de la *Holz and Gunsberg Combine*. Les médecins de New-York traitèrent cela de « surmenage », et il resta allongé dans une chambre aux rideaux tirés, les chevilles croisées, la langue incrustée dans le palais, à se demander si la prochaine vague cérébrale de feux armés d'ardillons n'allait point faire chasser son âme sur la dernière de ses ancres.

Ils finirent par se prononcer. « Avec des soins, il pourrait, au bout de deux ans, rentrer dans l'arène ; mais, pour le présent, il lui fallait s'en aller de l'autre côté de l'Atlantique, et ne se livrer à aucun genre de travail. » Il accepta les conditions. C'était la capitulation ; mais la *Combine*, qui avait frissonné sous le froid de son étreinte,

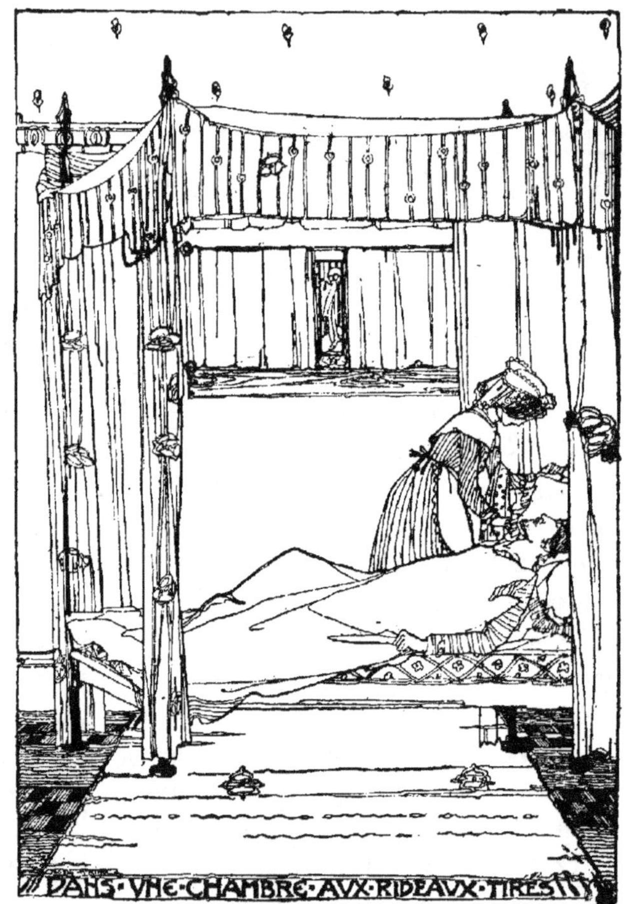

DANS·VNE·CHAMBRE·AVX·RIDEAVX·TIRÉS

lui accorda tous les honneurs de la guerre. Gunsberg lui-même, débordant de condoléances, vint au paquebot remplir la suite de cabines des Chapin d'écrasants ouvrages en fleurs.

« Des smilax ! dit George Chapin en les apercevant. Fitz a raison : je suis mort. Seulement, je ne vois pas pourquoi il a omis l'inscription sur les rubans !

— Allons donc ! » fit sa femme. Et lui versant sa teinture : « Vous serez de retour bien plus tôt que vous ne pensez. »

Il se regarda dans la glace, surpris que ses traits eussent passé sans se flétrir par l'enfer des derniers trois mois. Le bruit des ponts l'importuna, et il s'allongea, la langue seulement un peu pressée contre le palais.

Une heure plus tard, il dit :

« Sophie, je suis vraiment désolé de vous enlever comme cela à toutes vos habitudes. Je... je suppose que nous sommes, ce soir, les deux êtres les plus isolés de la création.

— N'est-ce donc rien pour vous de nous en aller ensemble ? » repartit Sophie, sa femme, en l'embrassant.

Ils dérivèrent de par l'Europe durant des mois, parfois seuls, parfois en compagnie de bohèmes de rencontre de leur pays. Du Cap Nord à la Côte d'Azur ils errèrent, parce que le prochain paquebot prenait ce chemin-là, ou que quelqu'un les avait mis sur la route. Les médecins avaient averti Sophie que Chapin ne devait pas prendre intérêt même aux intérêts des autres ; d'ailleurs, la sensation familière qu'il éprouva à la nuque au bout d'une heure de vive conversation avec un magnat des chemins de fer de Nauheimed la délivra de tout souci à cet égard. Il en pleura presque. « Et j'ai à peine trente ans ! s'écria-t-il. Avec tout ce que je comptais faire !

— Nous appellerons cela une lune de miel, dit Sophie. Savez-vous que, depuis six ans que nous sommes mariés, vous ne m'avez jamais dit ce que vous comptiez faire de votre existence ?

— De mon existence ? A quoi bon ? Elle est maintenant fichue. (Sophie leva vivement les yeux de dessus la Baie de Naples.) Du train dont va mon affaire, je n'ai plus qu'à vivre de mes rentes, comme cet architecte, à Saint-Moritz.

— C'est en ne vous tracassant pas, que votre santé s'améliorera ; et, en admettant que cela demande du temps, il y a des choses pires que... Combien avez-vous ?

— Entre quatre et cinq millions de dollars. Mais ce n'est pas la question d'argent. Vous le savez bien. C'est la question de principe. Quel respect auriez-vous pour moi ? Vous n'en avez eu, la première année de notre

mariage, que lorsque je me suis mis au travail comme
les autres. La tradition comme l'éducation, pour nous,
s'y opposent. Nous ne saurions accepter ce genre d'idéal.

— Soit, je suppose que je vous ai épousé pour un
genre quelconque d'idéal. »

Et ils réintégrèrent leur quarante-troisième hôtel.

En Angleterre, il leur manqua ces langues étrangères
des rues continentales, qui leur rappelaient leurs cités
polyglottes. En Angleterre, tout le monde parlait une
seule et même langue, semblable, d'apparence, à l'américain pour l'oreille, mais, en y réfléchissant, inintelligible.

« Ah, mais vous n'avez pas vu l'Angleterre, » dit une
dame aux cheveux gris d'acier.

Ils l'avaient rencontrée, cette dame, à Vienne, à Bay-
reuth et à Florence, et s'estimaient heureux de la retrouver
au Claridge, attendu qu'elle commandait des potions, et
savait où les ordonnances se préparent avec le plus de soin.

« Vous devriez prendre intérêt au logis de nos
ancêtres... comme je fais.

— J'ai essayé toute une semaine, Mrs. Shonts, repartit Sophie, mais je n'ai guère jamais fait plus que grais-
ser la patte aux garçons d'hôtel allemands.

— Ce n'est pas là en effet la vraie façon, poursuivit
Mrs. Shonts. Je sais où vous devriez aller. »

Chapin dressa l'oreille, impatient de fuir n'importe où

des rues où des hommes ardents quelque peu de sa trempe accomplissaient la besogne qui lui était refusée.

« Nous oyons et obéissons, Mrs. Shonts, » dit Sophie,
qui sentait l'agitation de son époux en train de boire le
thé britannique abhorré.

Mrs. Shonts sourit et se chargea d'eux. Elle écrivit à
la ronde et télégraphia au loin en leur faveur jusqu'au
jour où, armée de sa lettre d'introduction, elle les poussa
dans ces solitudes que l'on atteint en partant d'une gare
à l'aspect de baril de cendre, appelée Charing Cross. Il leur
fallait aller à Rocketts — la ferme d'un nommé Cloke,
dans les comtés du Sud — où, leur assura-t-elle, ils rencon-
treraient la pure Angleterre du folklore et de la chanson.

Ils découvrirent Rocketts au bout de quelques heures,
à quatre milles d'une station, et, autant qu'ils purent en
juger dans l'obscurité cahotante, à deux fois la même
distance de toute espèce de route. Les arbres, les vaches
et le contour des granges se profilaient dans l'ombre en
ombres autour d'eux, lorsqu'ils mirent pied à terre, et
Mr. et Mrs. Cloke, à la porte ouverte d'une profonde
cuisine dallée, leur souhaitèrent gravement la bienvenue.
Ils reposèrent, sous un plafond gondolé, blanchi à la
chaux, en une chambre mansardée, où, parce qu'il pleu-
vait, on avait allumé un feu de bois dans une corbeille
de fer, sur un foyer de briques ; et c'est au pépiement
des souris et au pleurnichement des flammes qu'ils s'en-
dormirent.

Lorsqu'ils s'éveillèrent, c'était par une belle journée, pleine de bruits d'oiseaux, des senteurs du buis, de la lavande et du jambon grillé, mêlées d'une senteur élémentaire qu'ils n'avaient jamais rencontrée nulle part.

« Voici, dit Sophie, laquelle faillit faire sortir de ses gonds le frêle châssis, en essayant de voir par l'encoignure, voici qui n'est pas, — comment a dit le cocher au porteur du chemin de fer à propos de ma malle? — *de la petite bière?*

— Non, *du chiqué.* Je ne me suis jamais de ma vie senti si loin de tout. Il s'agit de découvrir où perche le bureau du télégraphe.

— A quoi bon? » repartit Sophie, en se promenant de droite et de gauche, sa brosse à tête en main, pour admirer les images d'hebdomadaires illustrés collées sur la porte et le placard.

Mais l'âme exotique n'eut pas de cesse qu'elle ne se fût assurée du bureau de télégraphe. L'Américain questionna à ce sujet la fille des Cloke, en train de servir le petit déjeuner, tandis que Sophie s'enfouissait le visage dans le buisson de lavande qui fleurissait à l'extérieur de la fenêtre basse.

« Allez jusqu'à la barrière, en haut du champ à Barne, dit Mary, et regardez de l'autre côté de Friars Pardon, le clocher le plus proche. C'est droit dessous. Vous ne

pouvez pas le manquer… si vous ne vous écartez pas du
sentier. C'est ma sœur, la télégraphiste. Mais vous êtes
dans le rayon de trois milles, monsieur. Le gamin dis-

tribue les télégrammes du village de Friars Pardon
directement jusqu'à notre porte.

— Il y a pas mal de choses à mettre en trust, dans
ce pays, » murmura-t-il.

Sophie regarda l'herbe broutée, que balafraient seule-

ment les roues de la veille au soir, deux ornières qui
s'enroulaient autour d'une cour à foins, et l'enceinte de
verger tranquille à l'entour de la maison mi-partie en
charpente.

« Qu'est-ce qu'il y a ? dit-elle. Télégrammes distribués
dans la Vallée d'Avalon ! Naturellement ! »

Et elle fit signe d'entrer à un chien de chasse aux
yeux ardents, aux façons engageantes, et libre d'enga-
gements, qui répondait, parfois, au nom de Rambler. Il
les conduisit, après le petit déjeuner, jusqu'à cette mon-
tée, derrière la maison, où cette barrière se profilait sur
le ciel, et :

« Je me demande ce que nous allons trouver maintenant, » dit Sophie en se pavanant franchement de joie
sur l'herbe.

C'était tout un versant de champs aux haies trouées
de brèches, et dont le centre, à chacun, était la proie de
grosses masses de ronces. Les barrières manquaient, et
les poteaux, sapés par les lapins, rabotés par le bétail,
penchaient de-ci de-là. Un étroit sentier serpentait
parmi les buissons, des douzaines de queues blanches
scintillaient devant le chien en pleine course, et un éper-
vier s'envola avec un sifflement perçant.

« Pas de routes, pas rien ! dit Sophie, sa jupe courte
accrochée par les ronces. Moi qui croyais que toute

3

l'Angleterre n'était qu'un jardin. Le voilà, votre clocher, George, de l'autre côté de la vallée. Est-ce drôle ! »

Ils se dirigèrent vers lui à travers une lande tout abandonnée. Ici, c'était le spectre d'une pièce de luzerne qui s'était refusée à mourir ; là, quelque âpre jachère livrée à des chardons d'un mètre de haut ; et là, un carré de kelk luxuriant, aux airs de moisson légitime. Dans les herbages non pâturés ils se prenaient les pieds dans des rangées de choses fauchées et mortes, par-dessous quoi le sol rayonnait de sueur. Au fond de la vallée un petit ruisseau avait miné sa passerelle, et bouillonnait dans les débris. Mais de grands bois se dressaient là-bas au delà, sur les pentes — vieux, hauts, éclatants, tels des tapisseries restées intactes aux murs d'une maison en ruines.

« Tout cela, à moins de cent milles de Londres ! dit-il. Ne croirait-on pas que cela souffre aussi du repos forcé ? »

Le sentier contournait l'épaule d'un versant, à travers un fourré de rhododendrons en désordre, pour croiser ce qui, jadis, avait été un chemin carrossable et se terminait dans l'ombre de deux gigantesques chênes verts.

« Une maison ! dit tout bas Sophie, une maison *coloniale*[1] ! »

Derrière le vert-bleu des arbres jumeaux s'élevait une

1. Les Américains appellent style *colonial* le style anglais *géorgien*, époque de 1750, où les États-Unis étaient encore colonies britanniques.

VOTRE·CLOCHER·DE·L'AUTRE·CÔTÉ·DE·LA·VALLÉE !

construction en briques bleuâtre sombre, de style géorgien, pourvue d'une imposte en coquille au-dessus de sa porte à colonnes. Le chien s'en était allé sur de folles et secrètes pistes. A part quelque agitation dans les branches et la fuite de quatre pies effarouchées, nul bruit ne dénotait la vie autour de la maison carrée, laquelle, toutefois, par ses longues fenêtres, vous regardait le plus tendrement du monde.

« Cha...armée de vous rencontrer, pour sûr, dit Sophie, en faisant la révérence jusqu'à terre. George, voici de l'histoire que je comprends. C'est ici que *nous* avons commencé. »

Elle fit une seconde révérence.

Le soleil de juin étincelait sur toutes les vitres. C'était comme si quelque vieille dame, sage de l'expérience de trois générations, mais assise pour le présent à l'écart, se fût penchée afin d'écouter son arrière-petite-fille tout émue et curieuse.

« Il *faut* que je regarde ! (Sophie s'en alla, sur la pointe du pied, à une fenêtre, et de la main s'abrita les yeux.) Oh, la pièce est à moitié pleine de balles de coton... ou plutôt, de laine, je suppose. Mais j'aperçois un coin de la cheminée. George, venez donc ! N'est-ce pas quelqu'un ? »

Elle se replia derrière son mari. La porte de devant s'ouvrit lentement, pour montrer le chien, le nez tout blanc de lait, sous la garde d'un ancien des jours, revêtu

d'un éphod de toile bleue bizarrement froncé sur la poi-
trine et les épaules.

« Certainement, fit George, presque à haute voix, le Temps en personne. C'est ici qu'il réside, Sophie.

— C'est nous, dit Sophie timidement. Peut-on voir la maison ? J'ai peur que ce ne soit notre chien.

— Non, c'est Rambler, repartit le vieillard. Il est encore allé dans mon seau aux eaux grasses. Vous restez à Rocketts, n'est-ce pas ? Entrez. Ah ! espèce de renégat ! »

Le chien lui échappa, et le vieillard s'en alla tout chancelant après lui sur le chemin. Ils pénétrèrent dans le vestibule — absolument le vestibule haut et clair que devait recéler une telle maison. Un escalier, large et facile, à la rampe élancée, et qui jadis avait été blanc crème, en montait sous une longue fenêtre ovale. De chaque côté, des portes à fines moulures donnaient sur des pièces encombrées de laine, pièces dont les cheminées vert céladon étaient ornées de nymphes, d'enroulements et de Cupidons en bas-relief.

« Quelle est la maison qui a fait cela ? s'écria Sophie dans le ravissement. Oh, j'oubliais ! Ce doivent être les originaux. De l'Adams, peut-être ? Je n'ai jamais rien rêvé de comparable à ce garde-feu en fer forgé. Est-ce que l'homme veut bien que nous allions partout ?

— Il est en train de courir après le chien, répondit George, en regardant dehors. Nous ne comptons pas. »

Ils explorèrent le premier étage ou rez-de-chaussée, ravis comme des enfants qui jouent aux voleurs.

« C'est comme toute l'Angleterre, finit-elle par dire. Étonnant, mais pas d'explication. On s'attend toujours à ce que vous connaissiez tout à l'avance. A présent, voyons en haut. »

Les escaliers ne crièrent pas sous leurs pieds. Du vaste palier ils pénétrèrent dans une longue pièce aux panneaux verts, éclairée par trois portes-fenêtres, qui donnaient sur les restes délaissés d'un jardin en terrasse et, au delà, sur des versants boisés.

« Le salon, cela va sans dire. (Sophie nagea du haut en bas de la pièce.) Cette cheminée — *Orphée et Eurydice* — est un morceau unique. Une merveille, dites ? — Ma foi, la pièce, sans rien, paraît meublée ! — Comment cela se fait-il, George ?

— Ce sont les proportions. Je l'ai remarqué.

— J'ai vu jadis une chaise longue de Heppelwhite. (Sophie porta un doigt à sa joue enflammée, et réfléchit.) Avec deux de ces chaises longues... une de chaque côté... pas besoin d'autre chose. Sauf... une simple et unique glace, irréprochable, au-dessus de cette cheminée.

— Regardez-moi cette vue. C'est un Constable encadré ! s'écria son mari.

— Non ; c'est un Morland. Mais, à propos de cette

chaise longue, George, ne croyez-vous pas que l'Empire ferait mieux que le Heppelwhite ? L'or mat sur ce vert pâle ? Quel dommage que de nos jours on ne fabrique plus d'épinettes !

— Je crois qu'on peut s'en procurer. Regardez-moi ce bois de chênes derrière les pins.

— *While you sat ant played toccatas stately at the clavichord*[1] », fredonna Sophie.

Sur quoi, la tête penchée de côté, elle la hocha dans la direction de l'endroit où aurait dû pendre le miroir irréprochable.

Puis ils découvrirent des chambres à coucher avec cabinets de toilette et cabinets à poudrer, et des marches qui montaient, descendaient... à des boîtes de chambres, rondes, carrées, octogones, aux plafonds enrichis et aux serrures ciselées.

« Maintenant, les domestiques. Oh ! »

D'un trait elle avait atteint par le dernier escalier les ténèbres entrecoupées de lumière de l'étage situé sous les combles, où des tuiles gisaient détachées parmi des lattes brisées, où les murs étaient barbouillés de sentences et de comptes de houblon.

« On a élevé des pigeons ici, s'écria-t-elle.

1. Robert Browning (*A toccata of Galluppi's* dans *Dramata lyrics — Old Pictures in Florence*).

— Et il n'est pas un coin du toit où l'on ne pourrait
faire passer un buggy tout attelé, dit George.

— C'est ce que je me tue de dire ! cria le vieux, au-
dessous d'eux, dans l'escalier. Pas le plus petit coin sec
pour mes pigeons.

— Mais pourquoi l'a-t-on laissé tomber en cet état ?
demanda Sophie.

— Les maisons, c'est comme les dents, répliqua-t-il.
Si vous laissez les choses aller trop loin, y a plus rien à
faire. Y a eu un temps où ils avaient idée de la vendre,
mais personne voulait acheter. Elle était ben trop loin de
tout. Y a eu un temps où ils auraient voulu l'habiter
eux-mêmes, mais v'là qu'ils se sont mis à mourir.

— Ici ? »

Sophie bougea sous la lumière d'un trou du toit.

« Nenni — personne ne meurt ici, sauf de tomber des
meules de foin et toutes choses comme cela. C'est à
Londres, qu'ils sont morts. (Il cueillit un flocon de laine
sur sa blouse bleue.) Ça n'avait pas de fond — pas plus
les Elphicks que les Moones. Guère solide, tout ce
monde-là. Il y a dix-sept ans qu'ils sont morts ; car il y
en a vingt-cinq que je suis gardien ici.

— A qui appartient toute cette laine, en bas ? demanda
George.

— A la propriété. Je vais vous montrer la partie de

derrière, si vous voulez. Vous venez d'Amérique, à ce
que je vois. J'y ai eu un fils moi-même, dans le temps. »

Ils se mirent à descendre derrière lui l'escalier prin-
cipal. Il s'arrêta au tournant et, du geste, balaya le mur :

« De la place, ici, pour que votre cercueil descende.
Sept pieds de long et trois hommes à chaque bout n'ef-
fleureraient pas la peinture. Moi, si je meurs dans mon
lit, on sera obligé de me mettre droit debout comme une
boîte à lait. Tous les bonheurs, vous voyez ? »

Il les conduisit, toujours de l'avant, à travers un
dédale d'arrière-cuisines, de laiteries, de garde-manger
et de laveries, qui, le long de chemins couverts, se fon-
daient en une maison de ferme, visiblement plus ancienne
que les bâtiments principaux, lesquels recommençaient à
vagabonder en granges, crèches, porcheries, étables et
écuries, pour aboutir aux champs dénudés par derrière.

« N'importe comment, dit Sophie, en s'asseyant exté-
nuée sur une ancienne margelle de puits — n'importe
comment, on ne devrait pas insulter à ces adorables
vieilles choses, en les remplissant de foin. »

George regarda de longs murs en pierre, qui suppor-
taient de véritables étendues essentées de chêne aux
reflets d'argent ; des contre-forts de cailloux et briques
mêlés ; des escaliers extérieurs en arches sur arches de
pierre ; des cintres de chaume où l'herbe croissait ; des

poivrières aux tuiles revêtues de joubarbes, et une immense cour pavée que peuplaient deux vaches et Rambler repentant. Il y avait pour le moins deux heures et demie qu'il n'avait pas plus pensé à lui-même qu'au bureau de télégraphe.

« Mais pourquoi, demanda Sophie, comme ils s'en
retournaient par le cratère des champs rasés — pourquoi,
en Angleterre, s'attend-on toujours à ce que vous sachiez
tout ? Pourquoi n'explique-t-on jamais ?

— Vous voulez dire à propos des Elphicks et des
Moones ?

— Oui... et des hommes d'affaires et de la propriété.
Qui est-ce ? Je me demande si ces planchers peints,
dans la chambre verte, sont bien en chêne. Ne trouvez-
vous pas plaisir à explorer tout cela ensemble... plus
qu'à Pompéi ? »

George se retourna encore une fois pour regarder la vue.

« Il y a huit cents acres dépendant de la propriété,
m'a dit le vieux. Cinq fermes en tout. Rocketts en fait
partie.

— J'adore Mrs. Cloke. Mais comment s'appelle la
vieille maison ? »

George se mit à rire.

« C'est une des choses qu'on s'attend à ce que vous
sachiez. Il ne l'a pas dit une seule fois. »

Les Cloke furent plus communicatifs. Ce soir-là, et
les jours suivants durant une semaine, ils débitèrent aux
Chapin toute l'histoire officielle, telle qu'on la débite aux
hôtes de passage, de Friars Pardon, la maison et ses
cinq fermes. Mais Sophie posa tant de questions, et

George témoigna d'une si sincère curiosité, que, la confiance venant, ils se lancèrent, sans omettre le détail transmis et observé, dans le récit de la vie, de la mort et des hauts faits des Elphicks, des Moones, et de leurs collatéraux, les Haylings et les Torrells. Ce fut une histoire racontée avec suite au prochain numéro, par Cloke dans la grange, ou sa femme dans la laiterie, les derniers chapitres réservés pour les soirs à la cuisine, au coin du grand feu, lorsque le couple avait passé la moitié de la journée à explorer la maison où le vieil Iggulden à la blouse bleue ricanait et s'esclaffait de les voir. Les motifs qui avaient régi les caractères étaient en dehors de leur compréhension ; les destinées qui les déroutaient, autant de dieux qu'ils n'avaient jamais affrontés ; les jours de côté que Mrs. Cloke projetait sur tel acte ou tel incident dépassaient en chose stupéfiante tout ce qu'on pouvait se rappeler. Aussi les Chapin écoutaient-ils avec délices, bénissant Mrs. Shonts.

« Mais pourquoi — pourquoi — *pourquoi* — Un Tel faisait-il comme ceci ou comme cela ? » interrogeait Sophie de son siège près de la crémaillère ; et Mrs. Cloke de répondre en se lissant les genoux : « Pour la terre. »

« J'y renonce, fit George, un soir, dans leur chambre. On dirait que dans ce pays les gens ne sont rien en comparaison du lieu qu'ils habitent. A l'entendre, Friars Pardon fut une sorte de Moloch.

— Pauvre vieille chose ! (Ils venaient, comme d'habitude, de faire le tour des fermes avant le thé.) Pas étonnant, s'ils l'aimaient. Pensez aux sacrifices qu'ils ont faits pour elle ! Jane Elphick a épousé le second Torrell afin de la garder dans la famille. Le salon octogone, au plafond à moulures, contigu à la chambre à coucher, était le sien. Mais lui, que vous a-t-il raconté en donnant à manger à ses cochons ? demanda Sophie.

— C'est à propos des cousins Torrell et de l'oncle qui est mort à Java. Ils habitaient à Burnt House — derrière High Pardons, là où il y a ce ruisseau tout obstrué.

— Non. Burnt House est sous le bois de High Pardons, *avant* d'arriver à Gale Anstey, corrigea Sophie.

— Soit. Le vieux Cloke disait... »

Sophie ouvrit la porte toute grande, et d'en haut cria dans la cuisine, où les Cloke étaient en train de couvrir le feu :

« Mrs. Cloke, est-ce que Burnt House n'est pas sous High Pardons ?

— Oui, ma chère petite, cela va sans dire, repartit distraitement la voix aux accents mollets. (Une petite toux.) Je vous demande pardon, Madame. Qu'est-ce que c'était donc, que vous disiez ?

— Rien. Je préfère la première manière, » répondit Sophie en riant.

Et George lui resservit le chapitre manquant, tandis qu'elle écoutait, assise sur le lit.

« Ici aujourd'hui, et demain ailleurs, fit Cloke, d'un ton sentencieux. Ils ont payé leur premier mois, mais nous n'avons pour garantie que cette lettre de Mrs. Shonts.

— Personne de ceux qu'elle a envoyés ne nous a encore trompés. Cela m'a échappé, tout à l'heure. C'est une jeune dame fort honnête. Ils vont s'en aller d'ici peu. Et vous aussi, vous avez parlé beaucoup trop, Alfred !

— Oui, mais les Elphicks sont tous morts. Personne n'est plus là pour me retourner les paroles que je lâche. Mais pourquoi qu'ils continuent à rester et rester comme cela ? »

En temps voulu, George et Sophie se posaient réciproquement cette question, puis la laissaient de côté. Ils prétendaient que le climat — un composé gris-perle, sans rien de commun avec les brûlantes et froides férocités de leur pays natal — leur convenait, de même que convenait certainement à George le lourd calme des nuits. Il lui était épargné jusqu'à la vue d'une de ces routes empierrées, qui, menant, selon toutes probabilités, aux affaires, éveillent le désir chez un homme ; et le bureau de télégraphe du village de Friars Pardon, où l'on vendait des cartes postales illustrées et des toupies, se trou-

vait distant de deux milles à pied à travers bois et
champs. Pour tout ce qui concernait son passé parmi
ses semblables, ou le souvenir que ceux-ci avaient con-
servé de lui, il eût tout aussi bien pu habiter une autre
planète ; et Sophie, dont la vie s'était fort amplement
dépensée parmi des femmes aussi dépourvues de mari
que pourvues de superbe idéal, n'éprouvait nul désir de
quitter ce qu'elle considérait comme un présent de Dieu.
Les repas non précipités, la connaissance des heures
délicieusement désœuvrées qui suivraient, les étendues
de ciel tendre sous lesquelles ils se promenaient ensemble
et ne comptaient le temps qu'au gré de leur faim ou de
leur soif ; sous les pieds, cette bonne herbe qui se riait
des milles ; leurs découvertes, toujours ensemble, dans
les fermes — Griffons, Rocketts, Burnt House, Gale
Anstey, et la ferme de la maison, où Iggulden à la blouse
bleue les guettant au passage, ils fouillaient encore une
fois la vieille demeure ; les longs après-midi de pluie, où
ils s'allongeaient les pieds sur le rebord profond de la
fenêtre, vis-à-vis des pommiers, et causaient ensemble
comme jamais jusqu'alors ils n'avaient encore trouvé le
temps de causer — tout cela contentait l'âme de la jeune
femme, et son corps en profitait.

« Vous rendez-vous compte, demanda-t-elle un matin,
que voilà trente-quatre jours que nous sommes ici absol-
ment seuls ?

— Les avez-vous comptés? demanda-t-il pour toute
réponse.

— Vous ont-ils plu? répliqua-t-elle.

— Sans doute. Je n'y ai guère réfléchi. Oui, cependant. Il y a six mois, je me serais rongé à en être malade. Vous vous rappelez, au Caire ? Je n'ai eu que deux ou trois mauvais moments. Vais-je mieux, ou est-ce la décrépitude finale ?

— Le climat, rien que le climat. »

Sophie, assise sur la barrière d'où le regard dominait Friars Pardon, derrière la grange des Cloke, balança ses bottines anglaises neuves.

« Il faut cependant faire quelque chose, ici-bas, dit-il, quand ce ne serait qu'histoire de ne pas se perdre la main. (Ses yeux, en parcourant les champs dépouillés, ne vacillaient plus.) Est-ce vrai ?

— Organisez un golf sur Gale Anstey. Je suppose qu'il vous serait possible de louer Gale Anstey.

— Non, je ne suis pas Anglais à ce point. Cloke prétend que, si l'on voulait, toutes les fermes d'ici pourraient rapporter.

— Soit, je suis Anastasie du *Treasure of Franchard*[1]. Je me contente de vivre et de faire ronron. Rien ne presse.

— Non. (Il sourit.) En attendant, je m'en vais voir mon courrier.

— Vous aviez promis de n'en pas avoir.

1. Robert-Louis Stevenson. Voir le volume intitulé *The Merry Men.*

— Une affaire se présente, qui m'amuse. Parole d'honneur. Elle ne me porte pas du tout sur les nerfs.

— Besoin d'un secrétaire ?

— Non, merci, ma vieille ! N'est-ce pas, cela, on ne peut plus anglais ?

— Trop anglais ! Allez-vous-en. (Mais elle n'en rendit pas moins carrément le baiser.) Je m'en vais à Friars Pardon. Il y a bien une semaine que je n'ai mis le pied dans la maison.

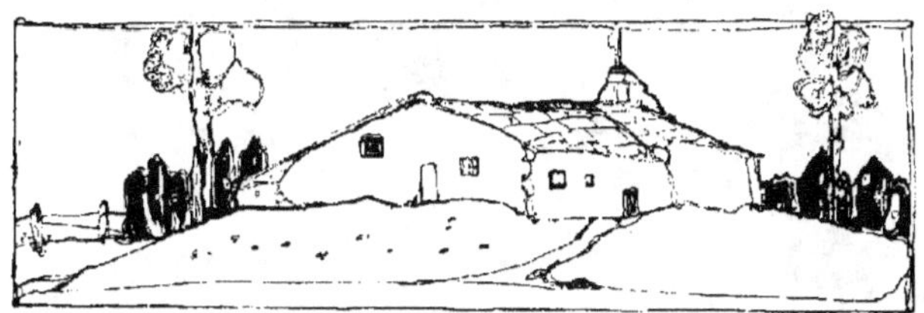

— Comment avez-vous décidé de meubler la chambre de Jane Elphick ? demanda-t-il en riant. (Car c'en était devenu entre eux un château en Espagne de tous les instants.)

— Meubles chinois en bois noir et brocart de soie jaune, » répondit-elle.

Sur quoi elle descendit la pente en courant. A l'aide d'un rejeton de frêne qu'Iggulden avait coupé pour elle une semaine auparavant, elle fit le moulinet, afin de disperser quelques vaches, aux approches d'un trou de haie, et, tout en chantant, comme elle passait sous les chênes verts, se rendit à la maison de ferme, derrière Friars

Pardon. Le vieillard restant introuvable, elle frappa à sa
porte à demi ouverte, car il le lui fallait pour occuper
son après-midi désœuvré. Un chien de berger, aux yeux

bleus, un nouvel ami, vieil ami de Rambler, sortit en rampant, et la supplia d'entrer.

Iggulden était assis dans son fauteuil, près du feu, un sarcloir entre les genoux, tête baissée. Quoiqu'elle n'eût jamais encore vu la mort, son cœur, qui ne perçut pas le moindre battement, lui dit qu'il était mort. Sans un mot, sans un cri, elle resta là, de l'autre côté de la porte, tandis que le chien lui léchait la main. Lorsque ce dernier dressa le nez en l'air, elle s'entendit lui dire :

« Ne hurle pas ! Je t'en prie, ne hurle pas, Scottie ; sans quoi je vais me sauver ! »

Elle tint bon, tandis que, dans la cour, les ombres s'avançaient vers midi ; elle s'assit, au bout de quelques instants, sur les marches, près de la porte, les bras autour du cou du chien, attendant la venue de quelqu'un. Elle regarda les cheminées sans fumée de Friars Pardon balafrer d'ombre les toits de la grande demeure, et la fumée du dernier feu d'Iggulden se raréfier, puis cesser. Contre toute volonté elle se mit à se demander à combien de Moones, d'Elphicks et de Torrells on avait fait passer le tournant du grand escalier. Alors, elle se rappela le mot du vieillard : « Droit debout comme une boîte à lait », et se cacha le visage sur le cou de Scottie. A la fin, les sabots d'un cheval résonnèrent sur les dalles, firent bruire la vieille paille grise de la cour, et elle se trouva

en face du pasteur — personnage qu'elle avait vu à
l'église déclamer des impossibilités (Sophie était Unitaire)
d'une voix qui manquait de naturel.

« Il est mort, dit-elle sans préambule.

— Le vieil Iggulden ? Moi qui venais causer avec lui !
(Le pasteur entra, tête découverte.) Ah ! l'entendit-elle
prononcer. Un arrêt du cœur ! Depuis combien de temps
êtes-vous ici ?

— Depuis onze heures moins le quart. (Elle regarda
attentivement à sa montre, et s'aperçut que sa main ne
tremblait pas.)

— Je vais rester avec lui, maintenant, jusqu'à l'arrivée
du docteur. Croyez-vous pouvoir le prévenir, et... oui,
Mrs. Betts, dans le cottage à la glycine, près du forge-
ron ? J'ai peur que cela ne vous ait plutôt causé quelque
saisissement. »

Elle fit oui de la tête, et s'enfuit dans la direction du
village. Un moment, les forces lui manquèrent ; elle se
laissa tomber au pied d'une haie, et jeta derrière elle un
regard sur la maison. De façon ou d'autre le silence et
l'impassibilité de cette dernière la raidirent, et elle put
s'acquitter de sa commission.

Mrs. Betts, petite brune aux yeux noirs, montra
presque autant d'insensibilité que Friars Pardon.

« Oui donc, oui donc, naturellement. Pensez ! Ma foi,
cet Iggulden, il aurait pu mourir à la même époque que
mon père. Muriel, va me chercher mon petit sac bleu,
s'il te plaît. Oui, Madame. Ils tombent comme des

branches d'ormeau en l'absence de vent. Comme cela,
sans avertir. Muriel, ma bicyclette est derrière le pou-
lailler. Je vais prévenir le Dr. Dallas, Madame. »

Elle partit d'un tour de roue, telle une brune abeille,
tandis que Sophie — *le ciel en haut et la terre en bas* [1]
changés — retournait d'un pas rapide au logis, pour
aller, dans le désordre du rire et des pleurs, s'affaler sur
George, tout entier à ses lettres.

« Tout cela leur semble on ne peut plus naturel, dit-
elle d'une voix entrecoupée. *Ils tombent comme des
branches d'ormeau en l'absence de vent. Oui, Madame.*
Non, il n'y avait rien du tout d'horrible, seulement...
seulement, oh, George, son pauvre bâton luisant entre
ses pauvres genoux si maigres! Je n'aurais pas pu le sup-
porter si Scottie avait hurlé. Je ne savais pas que le
pauvre pasteur était si... si sensible. Il m'a exprimé sa
crainte que cela ne m'eût cau...causé quelque saisissement. Mrs. Betts m'a conseillé de rentrer ; j'ai cru que
j'allais m'écrouler sur son plancher. Mais je ne me suis pas
déshonorée. Je... je ne pouvais pas le laisser... n'est-
ce pas ?

— Vous êtes sûre de ne pas vous être fait du mal ?
s'écria Mrs. Cloke, qui avait appris la nouvelle par la
télégraphie des fermes, plus ancienne, mais plus prompte,
que celle de Marconi.

1. Deutéronome, v, 8.

— Non. Je suis en parfaite santé, affirma Sophie.

— Couchez-vous jusqu'à l'heure du thé. (Mrs. Cloke lui donna une petite tape sur l'épaule.) Ils vous sauront

beaucoup du gré, quoique voilà vingt ans qu'elle n'a plus l'esprit bien d'aplomb. »

Ils arrivèrent avant la tombée de la nuit — un homme à barbe noire, au large pantalon de velours, et une petite vieille toute tremblotante, qui pépiait comme un roitelet.

« C'est moi son fils ! dit l'homme à Sophie, parmi les touffes de lavande. On a eu des difficultés, il y a de cela vingt ans, et on ne s'est pas reparlé depuis. Mais je suis son fils tout de même, et nous vous remercions bien de l'avoir veillé.

— C'est moi qui ne suis que trop contente de m'être trouvée là, répondit-elle. (Et elle était sincère.)

— Nous avons entendu dire qu'il parlait beaucoup de vous de temps à autre depuis que vous êtes ici. Nous vous remercions de bon cœur, ajouta l'homme.

— Est-ce vous, le fils qui était en Amérique ? demanda-t-elle.

— Oui, Madame. Sur la ferme de mon oncle, dans le Connecticut. Il était ce qu'on appelle là-bas *chef de route.*

— Où, cela, dans le Connecticut ? demanda George par-dessus l'épaule de sa femme.

— Veering Hollow, qu'on appelait cela. Je suis resté là six ans avec mon oncle.

— Comme le monde est petit ! s'écria Sophie. Mais toute la famille de ma mère vient de Veering Hollow. Il doit y en avoir encore là-bas... les Lashmars. Vous n'avez jamais entendu parler d'eux ?

— Je me rappelle avoir entendu ce nom-là, à ce qu'il me semble, » répondit-il.

Mais son visage resta tout aussi impassible qu'un dos de bêche.

Un peu avant la nuit, une femme en gris, faisant des enjambées de fantassin, et portant sur son bras un long bâton ferré, traversa le verger à grand fracas, en criant pour avoir à manger. George, sur qui l'anglais à brûle-pourpoint exerçait une mystérieuse fatigue, s'enfuit dans la salle, tandis que Mrs. Cloke s'avançait toute rayonnante. Quant à Sophie, elle ne pouvait s'échapper.

« Nous venons de l'apprendre à l'instant, dit l'étrangère, en la prenant à partie. Je suis restée dehors toute la journée avec les otter-hounds[1]. Quelque chose de pas ordinaire...

— Avez-vous... heu... tué ? » demanda Sophie.

Elle savait, grâce à ses lectures, qu'ici elle ne pouvait s'égarer bien loin.

« Oui, une femelle sèche... dix-sept livres, lui fut-il répondu. Quelque chose de pas ordinaire, que vous avez fait là. Pauvre vieil Iggulden...

— Oh... c'est cela ! fit Sophie illuminée.

1. Otter-hounds, chiens avec lesquels on chasse la loutre.

— S'il y avait eu du monde à Friars Pardon, cela ne serait jamais arrivé. On aurait veillé sur lui. Mais, qu'est-ce que vous voulez attendre d'un tas de solicitors de Londres ? »

Mrs. Cloke murmura quelque chose.

« Non. Je suis trempée jusqu'aux genoux. Si je m'éternise en route, je vais attraper froid. Une tasse de thé, Mrs. Cloke, et puis rien qu'un de vos sandwichs, que je mangerai tout en marchant. (A l'aide d'un mouchoir de soie vert et jaune elle essuya son visage hâlé.)

— Oui, milady ! »

Mrs. Cloke s'échappa pour revenir promptement.

« Notre terre est mitoyenne avec Friars Pardon sur une longueur d'un mille en descendant vers le sud, expliqua-t-elle, en brandissant la tasse pleine ; mais on a bien assez à faire avec son monde à soi, sans aller braconner en terre d'autrui. Pourtant, si j'avais su, j'aurais envoyé Dora, cela va sans dire. L'avez-vous vue, cet après-midi, Mrs. Cloke ? Non ? Je me demande si cette fille ne s'est pas donné une entorse. Merci. »

Formidable fut le quignon de pain accompagné de lard que lui présenta Mrs. Cloke.

« Comme je le disais, Friars Pardon est une honte ! Laisser le monde mourir comme des chiens ! Il devrait y avoir là des gens pour accomplir leur devoir. Vous avez accompli le vôtre, quoique rien ne vous y obligeât. Bonsoir. Dites à Dora, si elle vient, que j'ai filé devant. »

Elle s'éloigna à grands pas, en mâchant sa croûte, et Sophie, qui suffoquait, s'en alla d'un pas chancelant, dans la salle, secouer George, que le rire déjà suffisamment secouait.

« Pourquoi êtes-vous resté là derrière la persienne à guetter mon regard ? Pourquoi n'êtes-vous pas venu accomplir le vôtre, de devoir ?

— Parce que j'aurais éclaté. Avez-vous vu cette joue toute crottée ? dit-il.

— D'abord, oui. Et puis je n'ai plus osé regarder de nouveau. Qui est-ce ?

— Dieu... ou, si vous aimez mieux, une déité locale. En tout cas, c'est encore une de ces choses qu'on s'attend à ce que vous sachiez d'instinct. »

Mrs. Cloke, choquée de leur légèreté, leur raconta que c'était lady Conant, femme de Sir Walter Conant, baronnet, grand propriétaire du voisinage, et, sinon Dieu, du moins Sa visible Providence.

« Le rire, déclara Sophie plus tard dans leur chambre, est l'insigne du sauvage. Vous ne pouviez donc pas conserver plus d'empire sur vous-même ? Pour elle, tout cela est arrivé.

— Tout cela *est arrivé* pour moi. Voilà ce qui me tracasse, répondit-il sur un ton de voix bizarre. En tout cas, c'est assez *arrivé* pour servir à tuer le temps. Ne croyez-vous pas ?

— Que voulez-vous dire ? demanda-t-elle vivement, quoique, à sa voix, elle devinât.

— Que je vais mieux. Me. voici en état de rouspéter.

— Contre quoi ?

— Ceci ! (Il promena la main autour de l'unique pièce.) Il me faut quelque chose pour faire joujou jusqu'à ce que je sois de nouveau vraiment d'attaque.

— Ah ! (Elle s'assit sur le lit, et se pencha en avant, les mains croisées). Je me demande si c'est bien bon pour vous.

— Nous nous sommes trouvés mieux ici que n'importe où, poursuivit-il lentement. On pourrait toujours revendre. »

Elle hocha la tête gravement, tandis que ses yeux étincelaient.

« La seule chose qui m'ennuie, c'est ce qui est arrivé ce matin. Je veux savoir ce que vous éprouvez à ce sujet. Si cela vous a pris sur les nerfs le moins du monde, nous pouvons faire démolir la vieille ferme, derrière la maison... à moins, peut-être, que cela n'ait gâté toute l'idée pour vous ?

— La démolir ? s'écria-t-elle. Vous n'entendez rien

aux affaires. Mais c'est là que nous pourrions habiter pendant que nous ferons mettre en état la maison. C'est presque sous le même toit. Non! Ce qui est arrivé ce

matin m'a paru plutôt une... une indication qu'autre
chose. Il devrait y avoir du monde à Friars Pardon.
Lady Conant a parfaitement raison.

— Je pensais surtout aux bois et aux routes. Je pourrais doubler la valeur de l'endroit en six mois.

— Combien en demandent-ils ? »

Elle secoua la tête, et ses cheveux dénoués lui tom-
bèrent en auréole sur les joues.

« Soixante-quinze mille dollars. Ils en accepteront
soixante-huit.

— Pas la moitié de ce que nous avons payé notre vieux
yacht, lors de notre mariage. Et nous n'avons guère eu
de bon temps dessus. Vous étiez...

— Eh bien, quoi ? Je m'aperçus que j'étais trop Américain pour me contenter d'être le fils d'un homme
riche. Vous n'allez pas m'en blâmer ?

— Non, certes ; seulement, ce fut ce qu'on pourrait
appeler une lune de miel d'affaires. Où en êtes-vous, de
ce marché, George ?

— Je peux expédier par la poste les arrhes sur le prix
d'achat dès demain matin, et nous pouvons bâcler le tout
d'ici une quinzaine de jours ou tout au plus trois
semaines... si vous dites oui.

— Friars Pardon ! Friars Pardon ! chanta Sophie trans-
portée, ses yeux gris sombre agrandis par la joie. Toutes

les fermes? Gale Anstey, Burnt House, Rocketts, la Ferme
de la Maison, et Griffons? Sûr, que vous les avez toutes ?

— Sûr. (Il sourit.)

— Et les bois? Le Bois de High Pardons, celui de
Lower Pardon, de Suttons, et Dutton's Shaw, Reuben's
Ghyll, Maxey's Ghyll et les deux Oak Hangers? Sûr,
que vous les avez tous ?

— Jusqu'à la dernière brindille. Mais vous les connais-
sez aussi bien que moi. (Il se mit à rire.) On dit qu'il y
a cinq mille dollars... mille livres sterling, je veux dire,
de bois de charpente, rien que dans les Hangers.

— La première chose à faire, c'est de réparer le fourneau de Mrs. Cloke, et le toit de la cuisine. Je crois que
je vais faire blanchir tout cela à la chaux, interrompit
Sophie, en désignant le plafond. C'est partout une honte.
Lady Conant a parfaitement raison. George, quand avez-
vous commencé à devenir amoureux de la maison ? Dans
la chambre verte... ce premier jour ? Moi, oui.

— Je n'en suis nullement amoureux. Il faut bien faire
quelque chose pour tuer le temps jusqu'à ce qu'on soit
en état de travailler.

— Ou quand nous étions là debout sous les chênes, et
que la porte s'est ouverte ? Oh! Devrai-je aller à l'enter-
rement du pauvre Iggulden? (Elle soupira de contente-
ment parfait.)

— Ne prendrait-on pas cela pour une liberté... *maintenant ?* dit-il.

— Mais, je l'aimais.

— Mais vous ne le possédiez pas à la date de sa mort.

— Cela ne saurait me tenir à l'écart. Seulement, ils ont fait un tel embarras parce que je l'ai veillé (elle reprit sa respiration), que cela pourrait, à ce point de vue, passer aussi pour de l'ostentation. Oh, George (elle tendit sa main en quête de celle de son mari), nous sommes deux petits orphelins en train de s'agiter dans des mondes dont ils n'ont aucune idée, et nous commettrons plus d'un impair ! Mais jamais nous ne nous serons autant amusés.

— Nous courrons à Londres demain matin, pour voir s'il est possible de presser ces... solicitors anglais. J'ai besoin de me mettre au travail. »

Ils partirent, et passèrent par nombre de tortures avant de rentrer en fiacre à travers champs, un samedi soir, pressant contre leur cœur une boîte de deux pieds sur deux pieds et demi, remplie de chartes et de cartes, — légitimes propriétaires de Friars Pardon, y compris ses cinq fermes délabrées.

« J'espère on ne peut plus sincèrement, Madame, et j'ai la conviction, que c'est pour votre bonheur, soupira Mrs. Cloke, lorsqu'on lui annonça la nouvelle près du feu de la cuisine.

— Ciel ! Ce n'est pas un mariage ! se récria Sophie, quelque peu effarée.

— Si on envisage la chose à son point de vue exact... »
L'œil de Mrs. Cloke se tourna vers son fourneau.

« Envoyez-le réparer demain, chuchota Sophie.

— Nous n'avons pu nous empêcher de remarquer, dit Cloke lentement, par le nombre de fois que vous y êtes allés, que vous et votre dame, vous vous sentiez attirés par elle, mais... mais je ne sais pas si nous avons jamais précisément pensé... »
Le regard de sa femme l'arrêta.

« Que nous étions ce genre de monde-là, dit George. Nous n'en sommes pas encore bien sûrs nous-mêmes.

— Peut-être ben, dit Cloke, en se frottant les genoux, peut-être ben, histoire de parler, que vous allez la *parquer* ?

— Qu'est-ce que c'est que cela ? demanda George.

— Transformer tout en un beau parc comme Violet Hill (il tourna le pouce vers l'ouest), que Mr. Sangres a acheté. C'était quatre fermes, et Mr. Sangres en a fait un beau parc, avec un troupeau de daims.

— Alors, ce ne serait plus Friars Pardon, dit Sophie. N'est-ce pas ?

— Je ne sais pas si j'ai jamais entendu dire que Friars Pardon ait jamais été autre chose que du blé et de la

laine. Seulement, il y a des messieurs qui assurent que
les parcs, cela cause moins d'ennui que les locataires. (Il
eut un petit rire nerveux.) Mais le vrai monde, naturel-

lement, il continue à peu près comme il est accoutumé à
faire.

— Je comprends, dit Sophie. Comment Mr. Sangres
a-t-il gagné sa fortune ?

— Je n'avons jamais ben su. C'était le poivre et les
épices, ou c'était peut-être ben les gants. Non, les gants,
c'était Sir Reginald Liss, à Marley End. Les épices,

c'était Mr. Sangres. C'est un monsieur brésilien — très comme qui dirait brûlé du soleil.

— Soyez sûrs, en tout cas, d'une chose. Vous n'aurez pas le moindre ennui, » dit Mrs. Cloke, au moment où ils s'en allaient se coucher.

Or, la nouvelle de l'achat fut donnée aux seuls Mr. et Mrs. Cloke, à huit heures du soir, un samedi. Pas une âme ne quitta la ferme jusqu'au moment où ils se mirent en route pour se rendre à l'office, le lendemain matin. Malgré quoi, lorsqu'ils arrivèrent à l'église et firent mine de se glisser de côté à leurs places habituelles, un peu plus loin que les fonts baptismaux, où l'on voyait le bout fourré de rouge des cordes de cloches bouger et virer aux heures sonnantes, ils se trouvèrent irrésistiblement portés en avant, un Cloke sur chaque flanc (et cependant ils n'avaient pas fait route avec les Cloke), sur le sein toujours reculant d'un bedeau en robe noire, lequel les introduisit dans un banc fermé, en tête du bas-côté gauche, sous la chaire.

« C'est, soupira-t-il d'un accent de reproche, le Banc de Friars Pardon, » et les y enferma.

Ils ne pouvaient guère voir plus que les enfants de chœur dans le sanctuaire ; mais, jusqu'à la racine des cheveux de la nuque, ils sentaient que l'auditoire, par derrière, les dévorait impitoyablement du regard.

« *Lorsque l'impie aura quitté son impiété...* »

La voix forte et étrangère du prêtre vibra sous la voûte à consoles, et une sensation d'isolement encore inconnu leur submergea le cœur, tandis que, peu familiarisés avec le service de l'Église d'Angleterre, ils cherchaient dans leurs livres les endroits où l'on en était. La prière : « Notre Père qui *es* » — au lieu de « Notre Père qui *êtes* » — mit le comble à cette désolation. Sophie se prit à penser comme quoi, en d'autres pays, leur achat, longtemps avant cela, eût été discuté à tous les points de vue dans une douzaine de feuilles, oubliant que George, depuis des mois, ne s'était pas vu autorisé à parcourir de l'œil ces titres courants noirs et rugissants. Ici, rien que silence — pas même d'hostilité ! La partie était engagée pour eux ; les autres joueurs cachaient leurs cartes, et attendaient. Il y avait, elle le sentait, comme quelque chose en suspens dans l'air, et, lorsque sa vue s'éclaircit, ce fut pour tomber, oui, sur une tablette murale qui représentait un oiseau sans pattes planant sur la devise : *Demorez ung poï* — *Demorez ung poï*.

A la litanie, George eut maille à partir avec un agenouilloir instable, et glissa la bande de tapis sous la banquette. Sophie repoussa aussi en arrière le bout qui était de son côté, et ferma les yeux sous une sensation de brû-

lure qui ressemblait fort à celle des larmes. Lorsqu'elle
les rouvrit, elle regardait le nom de jeune fille de sa mère,

bel et bien gravé sur une dalle bleue, par terre, dans le banc :

Ellen Lashmar, ob. 1796. ætat. 27.

Elle fit du coude à George, et du doigt montra la chose. Agenouillés à l'abri, comme ils étaient, ils cherchèrent de plus amples renseignements ; mais le reste de la plaque était tout uni.

« Jamais entendu parler d'elle ? chuchota-t-il.

— Jamais appris qu'aucun de nous soit venu d'ici. Simple coïncidence.

— Peut-être. Mais cela me fait sentir mieux. »

Elle sourit, et, d'un clignement de paupière, chassa une larme qui lui pendait aux cils ; puis elle lui prit la main, tandis qu'on priait pour *les femmes en labeur d'enfant* — non pas *en mal d'enfant ;* et des moineaux, qui avaient trouvé le moyen de s'introduire entre les vitraux et leurs grillages protecteurs, gazouillèrent au-dessus de l'arbre généalogique d'albâtre et de vieille dorure des Conants.

Le banc du baronnet se trouvait à droite de la nef. Après le service, ses habitants prirent la direction de la sortie sans se hâter, mais de façon à barrer, comme il convenait, le passage à un individu bronzé, accompagné d'une nombreuse famille, lequel rongeait son frein sur leurs talons.

« Les épices, je pense, dit Sophie profondément char-

méc, tandis que les Sangrcs se faufilaicnt derrière les
Conant. Laissez-les s'en aller, George. »

Mais, lorsque à leur tour ils sortirent, quantité de gens, dont les yeux semblaient ne former qu'un œil unique, s'attardaient encore à la barrière surmontée d'un porche.

« Je veux savoir s'il y a d'autres Lashmars enterrés ici, dit Sophie.

— Pas maintenant. Cela me paraît jour d'exhibition. Rentrons vite, » répliqua-t-il.

Un groupe de familles, les Cloke un peu à part, s'ouvrit pour les laisser passer. Les hommes saluèrent d'un coup de tête saccadé ; les femmes, avec les restes d'une révérence. Seul, le fils d'Iggulden, sa mère à son bras, leva son chapeau au passage de Sophie.

« Vos gens, lui dit à l'oreille la voix claire de lady Conant.

— Je le suppose, repartit Sophie, en rougissant, car ils étaient à pas deux mètres d'elle.

— Et cette enfant, elle m'a tout l'air de venir avec les oreillons. Vous devriez dire à la mère de ne pas l'amener à l'église.

— Je ne pouvons pas la laisser derrière, milady, déclara la femme. Elle serait pas longue à mettre le feu à la maison. Elle est si tellement hardie avec les allumettes. C'est-y vrai, ma petite Maudette ?

— Le Dr. Dallas l'a-t-il vue ?

— Pas encore, milady.

— Il faut qu'il la voie. Vous ne pouvez pas vous absenter, cela va sans dire. Mum! Mon imbécile de bonne vient le trouver pour ses dents demain à midi. Elle la prendra en passant... à Gale Anstey, n'est-ce pas ?... à onze heures.

— Oui, merci beaucoup, milady.

— Je n'aurais pas dû le faire, dit lady Conant en manière d'excuse. Mais Friars Pardon est resté si longtemps sans personne que vous me passerez ce petit braconnage. Maintenant, ne pouvez-vous pas déjeuner avec nous ? Le pasteur vient d'habitude aussi. Je ne me sers pas des chevaux le dimanche (elle lança un coup d'œil sur le carrosse doré sur tranche du Brésilien). Ce n'est qu'à un mille à travers champs.

— Vous... vous êtes trop aimable, dit Sophie, qui s'en voulait de sentir sa lèvre trembler.

— Ma chère petite (le ton de contrainte se changea en un murmure flatteur), croyez-vous que je ne sais pas ce qu'on éprouve lorsqu'on arrive dans un comté étranger — une contrée étrangère, devrais-je dire — loin de tout son monde ? La première fois que j'ai quitté le Shropshire — d'où je suis, vous savez — j'ai passé tout un jour et une nuit à pleurer. Mais ce n'est pas de se faire de la bile, qui améliore la solitude. Oh ! voici Dora !

Elle s'était bien, en effet, donné une entorse, ce jour-là.

— Je cloche encore du pied, dit d'une voix franche la grande jeune fille. Vous devriez sortir avec les otter-

hounds, Mrs. Chapin ; je crois que l'on explore l'eau chez vous la semaine prochaine. »

Sir Walter avait déjà emmené George, et le pasteur

s'en vint de l'autre côté de Sophie. Il ne fallait pas son-
ger à échapper au prompt cortège plus qu'au lunch pro-
longé, où la conversation ne fit qu'aller et venir en
remous à voix basse, qui avaient le village pour centre.
Sophie entendit le pasteur et Sir Walter s'adresser gaie-
ment à son mari en l'appelant « Chapin » tout court !
(Elle se rappela, par ailleurs, avoir connu dans une vie
précédente nombre de femmes qui, s'adressant à leur
mari, l'appelaient habituellement Monsieur Un Tel.)
Après le lunch, lady Conant lui parla en termes explicites
de la maternité, telle qu'on l'entend dans les cottages et
les fermes éloignés de tout secours, et du devoir, en cela,
de la maîtresse de Friars Pardon.

Une barrière dans une haie de hêtre, qu'ils atteignirent à
travers de triples pelouses, les mit dehors, avant l'heure
du thé, dans la partie sud et mal peignée de leur terre.

« Il me faut votre main, s'il vous plaît, dit Sophie, dès
qu'ils furent à l'abri parmi les troncs de hêtres et les houx
désordonnés. Vous rappelez-vous la vieille fille de *Providence and the Guitar* [1], qui, ayant entendu le commissaire
jurer, eut peine, dans la suite, à se croire vierge ? Parce que
je me sens avec elle des liens de parenté. Lady Conant est...

— Avez-vous découvert quelque chose sur les Lashmars ? interrompit-il.

1. Robert-Louis Stevenson.

— Je n'ai pas demandé. Je vais d'abord écrire à tante Sydney à ce sujet. Oh! lady Conant a parlé, à déjeuner, de terre qu'ils auraient achetée à des Lashmars il y a

quelques années. J'ai découvert qu'en fait c'était au commencement du siècle dernier.

— Qu'avez-vous dit ?

— J'ai dit : « Vraiment ; mais c'est fort intéressant ! » Comme cela. Je ne veux pas avoir l'air de chercher à me pousser. J'ai entendu parler des efforts de Mr. Sangres dans cet ordre d'idées. Et vous ? Je ne pouvais pas vous voir derrière les fleurs. Le terrain était-il difficile, mon ami ? »

George épongea un front déjà bruni par le grand air.

« Oh non... tout ce qu'il y a de plus facile. J'ai acheté Friars Pardon pour empêcher les oiseaux de Sir Walter de s'égarer. »

Un coq faisan fit bruire les feuilles mortes, et se leva presque sous leurs pieds. Sophie sauta en l'air.

« C'en est un, fit George avec calme.

— Ma foi, vos nerfs vont mieux, en tout cas, reprit-elle. Leur avez-vous dit que vous aviez acheté la chose pour en faire joujou avec ?

— Non. C'est là que j'ai manqué de nerf. Je n'ai commis qu'une seule gaffe... je crois. J'ai dit que je ne comprenais pas pourquoi louer de la terre à des gens pour l'exploiter ne constituait pas une offre d'affaire comme une autre.

— Et qu'ont-ils répondu ?

— Ils ont souri. Je finirai bien par savoir ce que ce sourire signifie. Ce ne sont pas gens à les gaspiller, leurs sourires. Voyez-vous ce sentier, près de Gale Anstey ? »

Leurs regards plongeaient du haut de la pente sur un creux en forme de croupe. Par deux et par trois, des gens endimanchés suivaient lentement les chemins qui conduisaient d'une ferme à l'autre.

« J'en ai déjà vu je ne sais combien sur notre terre, dit Sophie. Eh bien, quoi ?

— Cela vous montre que nous ne devons pas les priver de leurs droits de passage.

— Ces sentiers à vaches, dont nous nous sommes servis, en croisent des quantités ! dit énergiquement Sophie.

— Oui. Eh bien, n'importe lequel d'entre eux nous coûterait, en frais judiciaires, deux mille livres à clore.

— Mais nous n'avons nulle intention de le faire.

— Toute la population entrerait en lutte, si nous le faisions.

— Mais, c'est notre terre, pourtant. Nous pouvons faire ce que nous voulons.

— Ce *n'est pas* notre terre. Nous n'avons fait que la payer. Nous lui appartenons, et elle appartient aux gens... nos gens, comme on les appelle. Ce n'est pas pour rien que je viens de déjeuner avec des Anglais. »

Ils passèrent lentement d'un champ pointillé de fou-

gères au suivant — tout émus de l'orgueil du propriétaire, projetant à chaque détour changements et restau-

rations, s'arrêtant dans leurs sentiers pour discuter,
s'écartant l'un de l'autre pour embrasser deux points de

9

vue à la fois, ou se rapprochant pour en examiner un seul. Des couples se dérangeaient pour les laisser passer, tout en souriant secrètement.

« Nous en commettrons, des impairs, finit-il par dire.

— Ensemble, en tout cas. Vous n'allez pas laisser personne s'en mêler, dites-moi?

— Que les entrepreneurs. (Il lui serra la main.) Ce petit syndicat que voici ne compte que sur lui-même.

— Mais vous pourriez sentir le besoin de quelqu'un, insista-t-elle.

— Oui... mais ce sera vous. C'est une affaire, Sophie; mais cela va être amusant.

— Dieu le veuille ! » repartit-elle en rougissant.

Et elle se cria à elle-même, comme ils rentraient pour le thé:

« Cela en vaut la peine. Oui, cela en vaut la peine! »

La mise en état et l'emménagement de Friars Pardon fut une besogne des plus minutieuses, mais tout entière accomplie selon le mode anglais, sans frottement. Le temps et l'argent seuls furent mis en réquisition. Le reste demeura aux mains de bienfaisants conseillers de Londres, ou de génies, mâles et femelles, évoqués par Mr. et Mrs. Cloke du désert des fermes. Au centre se tenaient George et Sophie, un peu effarés, leurs intérêts s'étendant de jour en jour de tous les côtés.

« Je ne veux pas parler contre les Londoniens, déclara
Cloke, promu par lui-même aux fonctions de commis des
travaux extérieurs, d'ingénieur consultant, de chef du
bureau de l'immigration, et d'inspecteur des eaux et
forêts ; mais vos gens, à vous, ne voudraient pas avoir
l'air, pourtant, de trop vous écorcher.

— Comment le savoir ? dit George.

— Dans cinq années d'ici, ou quelque chose d'ap-
prochant, admettons, vous serez en train de jeter un
coup d'œil sur vos comptes de la première année, et,
sachant ce que vous saurez alors, vous direz : « Oui-da,
« Billy Beartup — ou, cela se pourrait, le vieux Cloke —
« m'en a fait de belles quand j'étais nouveau venu !... »
On n'aime pas se sentir cela en réserve contre soi.

— Je crois comprendre, repartit George.

— Mais, cinq années, c'est prévoir bien longtemps à
l'avance.

— Je crains ben que ce chêne que Billy Beartup a
abattu dans Reuben's Ghyll n'en mette pas moins de
sept à être bon pour le plancher du salon, dit Cloke
d'une voix traînante.

— Oui ? Cela me regarde, déclara Sophie. (Billy Beartup, de Griffons, bûcheron d'éducation et de naissance,
fermier par infortune de mariage, avait déposé sa hache
à leurs pieds un mois auparavant.) Désolée si je vous ai
engagé dans une autre éternité !

— Et nous ne saurons même pas, d'ici ce temps-là

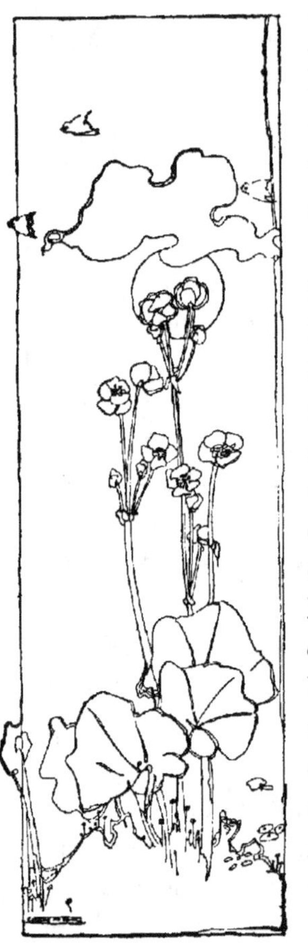

non plus, si nous ne nous sommes pas mis dedans avec *votre* nouveau chemin de voitures, » dit Cloke, toujours soucieux de tenir la balance exacte — avec une once ou deux en faveur de Sophie.

Les quatre mois passés avaient habitué George à ne pas répliquer. Le chemin carrossable, qui montait en lacets au haut de la colline, absorbait présentement tout son intérêt. Ils se mirent en route pour aller y jeter un coup d'œil, ainsi qu'à la machine à ébouer importée d'Amérique, laquelle avait comme frappé d'insolation l'âme guère ensoleillée de Skim Winch, le charretier. Mais le jeune Iggulden était appointé maintenant, et, sous sa direction, *Buller* et *Roberts*, les grands chevaux, remuaient des montagnes.

« Vous la levez comme ceci,

et puis lui donnez une petite tape comme cela, expliqua-
t-il à l'équipe. Mon oncle a été maître de route au Connecticut.

— Il y a donc des routes, là-bas ? demanda Skim,
assis sous les lauriers.

— Guère plus que des chemins d'intérêt commun. De
la saleté. Cela vous irait bien, Skim,

— Pourquoi ? demanda l'imprudent.

— Parce que vous ne ramasseriez pas de beignes,
quand vous tombez saoul de votre charrette le samedi.

— Je n'en ai pas ramassé, la dernière fois, en tout
cas, » gronda Skim.

L'explosion de rire une fois calmée, le vieux Whybarne, de Gale Anstey, dit d'une petite voix flûtée :

« Qu'on dise ce qu'on voudra, il n'y a pas à nier que
Chapin sait reconnaître la bonne ouvrage. Il ne con-
struit pas un jour pour démolir le lendemain, comme ce
nègre de Sangres.

— C'est *elle*, qui sait ce qu'elle veut, dit Pinky, le
frère de Skim Winch, véritable Napoléon parmi les
charretiers qui avaient aidé à apporter le grand piano à
travers champs sous les pluies d'automne.

— Elle a de bonnes raisons pour cela, déclara Iggulden. Hôôô là, Buller ! C'est une Lashmar. Ils ne s'y
sont jamais repris à deux fois pour penser.

—Oh, vous avez découvert cela? Est-ce que la réponse de votre oncle est arrivée? » demanda Skim, lequel doutait qu'un pays aussi éloigné que l'Amérique fût pourvu de postes.

Les autres le regardèrent d'un air méprisant. Skim était toujours d'un siècle en arrière.

Iggulden se reposa de ses travaux.

« C'est une Lashmar, comme qui dirait tout *drait*. J'ai sauté sur la plume pour écrire de suite à mon oncle — moins d'un mois après qu'elle avait dit que sa famille venait de Veering Hollow.

— Où il n'y a pas de routes? interrompit Skim, sans que personne se mît à rire.

— Mon oncle s'est marié en secondes noces à une Américaine, qui s'en est tirée comme un... comme le coroner. C'est une Lashmar, de la vieille terre des Lashmars, avant qu'ils l'aient vendue aux Conants. C'est pas une Lashmar de Toot Hill, ni une de la famille des Crayfords. Son monde sort de la terre d'ici, ni craie ni forêt, mais de vrais vagabonds. Ils se sont embarqués pour l'Amérique — j'ai eu tout cela écrit par la femme de mon oncle — en dix-huit cent tout rond. Mon oncle dit qu'ils sont tous longs à faire des enfants.

—Cela ne serait-y pas aussi des nobles, là-bas, maintenant? demanda Skim.

— Non... y a pas de nobles en Amérique, n'importe depuis combien de temps vous y êtes. C'est contre leur loi. Y a d'autorisés que les riches et les pauvres. Ils sont hommes de loi et tout cela, là-bas, depuis deux cents ans... mais y a pas à dire, elle, c'est une Lashmar.

— Seigneur! Qu'est-ce que c'est *ben* que cent ans? dit Whybarne, qui en avait soixante-dix-huit.

— Et ils écrivent aussi de là-bas — la femme de mon oncle, je veux dire — qu'on peut encore les reconnaître à la tête. Ils ont les cheveux couleur queue de vache... et, en marchant, ils jettent la jambe en dehors. Lui, il a les pieds en dedans... il marche comme un bohémien; mais elle, regardez-la, et vous la verrez jeter la jambe en dehors... comme un pur sang.

— Attention! Ferme cela ! »

Les larges oreilles de Pinky avaient saisi un bruit de voix, et, au moment où le couple émergea des lauriers, les hommes étaient tout à la besogne, les yeux sur les pieds de Sophie.

Elle avait eu moins de bonheur qu'Iggulden dans son enquête, attendu que sa tante Sydney de Meriden répondit à ses questions par un discours de deux pages sur le patriotisme, les prospectus d'une Société de Progrès de Village, dont elle était présidente, et par une demande de souscription en retard pour un Cercle de Lecture de

Filles de Fabrique. Sophie brûla le tout dans la cheminée d'*Orphée et Eurydice*, sans souffler mot.

« Ce que je voudrais bien savoir, dit George, lorsque le printemps se fit sentir, et que les jardins demandèrent réflexion, c'est qui est-ce qui me paiera jamais de mon travail ? J'ai mis déjà là-dedans la valeur d'au moins un demi-million de dollars.

— Sûr que vous ne vous dépensez pas trop ? demanda sa femme.

— Oh, non ; je n'ai pas, de tout l'hiver, songé un seul instant à moi. (Il regarda ses brunes guêtres anglaises, et sourit.) Tout cela est derrière moi, maintenant: Je crois que je pourrais bien m'asseoir pour y réfléchir, à ces derniers mois, vous savez, avant de nous embarquer.

— Non... ah, non, tout, mais pas cela ! s'écria-t-elle.

— Mais il faut bien que je rentre, un jour. Vous n'avez pas la prétention de me tenir pour toujours éloigné des affaires... ou bien, quoi ? »

Il termina sur un éclat de rire nerveux.

Sophie soupira, tout en tirant du râtelier du hall son rejeton de frêne, celui que le vieil Iggulden avait coupé à son intention.

« Et vous-même, n'en faites-vous pas trop aussi ? Vous paraissez un peu fatiguée, dit-il.

— C'est vous, qui me fatiguez. Je m'en vais à Rocketts,

voir Mrs. Cloke, au sujet de Mary. (C'était la sœur de la télégraphiste, sur le point d'être promue au grade de femme de chambre-couturière à Friars Pardon.) Vous venez ?

« — Je suis en retard pour aller à Burnt House examiner la question du nouveau puits. A propos, il y a un peu de mal de gorge à Gale Anstey.

— C'est mon département. Ne vous en mêlez pas. Les petits Whybarne ont toujours la gorge sensible. C'est pour avoir du jujube.

— Tenez-vous éloignée de Gale Anstey jusqu'à ce que je sois sûr, mon petit chat. Cloke aurait dû me dire.

— Ces gens-là ne disent pas. Êtes-vous encore à l'apprendre ? Mais j'obéirai, mon seigneur et maître. Jusques au revoir ! »

Elle partit à pied, car en deçà des trois grand'routes qui limitaient le vague triangle du domaine (même de nuit c'est à peine si l'on pouvait entendre y passer les charrettes), on n'employait de véhicules que pour le travail de la ferme. Les sentiers servaient à tous autres usages. Et, quoique tout d'abord les deux époux eussent projeté des améliorations, ils n'avaient pas tardé à se conformer aux habitudes de leur secret royaume, et hantaient les chemins feutrés sous le couvert des bois, soit le long des haies, soit au plus épais des fourrés, aussi librement que les lapins. Oui, Sophie se promenait la plupart du temps tête nue sous le casque de ses cheveux châtains ; mais elle se sentait, tous ces derniers temps, tracassée par de vagues maux de dents, qu'elle expliqua à Mrs. Cloke, laquelle lui posa quelques questions. Comment cela se fit-il ? Jamais Sophie ne le sut ; mais, un instant après, voici que le bras de Mrs. Cloke lui entourait la taille, et qu'elle se trouvait la tête appuyée contre ce vaste sein, derrière la porte de la cuisine fermée.

« Ma chère petite ! Ma chère petite ! sanglota presque l'aînée. Et prétendez-vous me dire que vous ne vous en doutiez pas ? Voyons... voyons... où est-ce qu'on vous a appris la moindre chose ? Naturellement, c'est cela. Des fois et des fois, j'ai dit à Lady... (Elle s'arrêta.) Et maintenant, nous serons tous comme ça doit être.

— Mais... mais... mais..., gémit Sophie.

— Et vous voir si affairés à vous bâtir votre nid — les pianos et les livres — sans jamais penser à la chambre des petiots !

— Moi toute la première. (Sophie s'assit droite comme un I, et se prit à rire.)

— Il y a encore le temps. (Les doigts tapotèrent pensivement sur les vastes genoux.) Mais... mais cela doit être du monde qu'a un drôle d'esprit, par là-bas avec vous ! Avez-vous pensé à envoyer chercher Madame votre mère ?... Elle est morte ? Ma chère petite ! Ma chère petite ! Ne vous inquiétez pas ! Elle est tout de même heureuse de le savoir où elle est. C'est de l'ouvrage du Bon Dieu. Et nous étions là, que nous n'attendions plus que cela ; car vous n'avez encore jamais failli à votre tâche. C'est pas dans votre nature. Qu'est-ce que vous disiez au sujet de ce que fait ma Mary ? (La physionomie de Mrs. Cloke durcit, tandis qu'elle poussait son menton sur le front de Sophie.) Si la moindre de vos filles s'imagine de faire ses volontés, maintenant, c'est à moi... Mais elles n'oseraient pas, ma chère petite. Je vais veiller à ce qu'elles aussi elles fassent leur devoir. Soyez sûre que vous n'aurez pas d'ennuis. »

Lorsque Sophie revint à travers champs, le ciel et la terre prirent une autre apparence autour d'elle, comme le jour de la mort du vieil Iggulden. Un instant, elle pensa au large tournant de l'escalier, ainsi qu'à la nouvelle peinture blanc ivoire que nul coin de cercueil ne pouvait écorcher ; mais voici que l'image s'effaça pour se changer en un pur étonnement, un pur effarement, qui la firent chanceler. Elle s'appuya contre l'une des barrières neuves, et resta encore un instant à parcourir du regard leurs terres.

« Allons, dit-elle d'un ton résigné, presque à haute voix, il faut que nous tâchions de lui faire sentir qu'il n'est pas en tiers dans la partie. »

Et elle tourna le coin qui commandait la vue sur Friars Pardon, étourdie, malade et sans force.

Tout à coup, la maison qu'ils avaient achetée par l'effet

d'un caprice se présentait sous une nouvelle apparence

à ses yeux, basse de façade, large d'ailes, ample, prépa-
rée par le cours des générations pour toutes choses de
ce genre. De même que son aspect l'avait raffermie,
lorsqu'elle gisait là, morne et désolée ; de même,
maintenant que ces quelques mois de vie entre ses murs
lui donnaient un sens, elle prenait un pouvoir cal-
mant et promettait du bon. Sophie se dépêcha d'entrer
seule dans le hall, et baisa l'un et l'autre montants
de porte :

« Soyez-moi propices. Vous savez, vous ! Vous n'avez
jamais encore failli à votre devoir. »

Lorsqu'on expliqua l'affaire à George, la première idée
de celui-ci fut de s'embarquer aussitôt pour leur pays,
mais ce fut chose à laquelle Sophie s'opposa.

« Je n'ai nul besoin de la science, dit-elle. Je n'ai besoin
que de me sentir aimée, et chez nous, on n'a pas le
temps de cela. En outre, ajouta-t-elle en regardant par
la fenêtre, ce serait une désertion. »

George fut forcé de se calmer en reliant Friars
Pardon au système télégraphique de la Grande-Bre-
tagne par téléphone — trois quarts de mille de poteaux, plantés par Whybarne et quelques-uns des amis
de ce dernier. L'un de ceux-ci était un étranger, venu
de la paroisse voisine. Il dit, pendant qu'on posait la
ligne :

« Il y a un vieil ormeau, à droite, sur notre route. Allons-nous le jeter bas [1] ?

— Les gens de la paroisse de Toot Hill, ni grâce ni chance, Dieu les garde ! (Le vieux Whybarne cria le proverbe local de trois poteaux plus bas sur la ligne.) Non, nous n'allons pas, pour ce qui est de nous, mettre ici la hache dans du bois à cercueil... pas jusqu'à ce que nous sachions où nous en sommes encore. Faites le tour, faites le tour ! »

C'est ainsi que, jusqu'à ce jour, cette boucle imprévue dans la ligne droite qui traverse l'herbage au-dessus reste un mystère pour Sophie et George. Pas plus ne sauraient-ils dire pourquoi Skim Winch, qui, tous les samedis soirs, à dix heures quarante-cinq, rentrait on ne peut plus mélodieusement ivre à son cottage situé au-dessus du petit bois de Dutton, comme son père avait fait avant lui, ne chantait plus au bas des marches du jardin, où Sophie craignait toujours qu'il ne se cassât le cou. Le sentier était, cela ne faisait pas de doute, un ancien

1. En Angleterre, on fabrique de préférence les cercueils avec l'orme. Les paysans préfèrent attendre que Sophie soit accouchée, pour abattre un arbre de cette essence.

droit de passage, et, à dix heures quarante-cinq, le samedi, Skim se rappelait qu'il était de son devoir, vis-à-vis de la postérité, d'en assurer l'observance — jusqu'au jour où Mrs. Cloke lui dit un mot — un seul mot. Elle dit ce mot de même à sa propre fille Mary, femme de chambre-couturière à Friars Pardon, et à la meilleure et nouvelle amie de Mary, la servante de cinq pieds sept pouces, importée de Londres, qui apprenait à Mary à garnir les chapeaux, et trouvait que le pays manquait un peu de gaîté.

Mais on n'entendait pas de bruit — en aucun temps le moindre bruit — et, lorsque Sophie se promenait dehors à pied, elle ne rencontrait personne sur son chemin, à moins d'avoir exprimé quelque désir contraire. Alors, ils semblèrent tous protester que tout allait pour le mieux en ce qui les concernait, eux, et leurs enfants, leurs poules, leurs toits, leur approvisionnement d'eau et leurs fils placés dans la police ou le service des chemins de fer.

« Mais vous ne trouvez pas cela un peu triste, ma chérie ? demanda George, en faisant loyalement de son mieux pour ne pas se tourmenter, au fur et à mesure que les mois passaient.

— J'ai été si occupée à mettre ma maison en ordre, que je n'ai pas eu le temps de penser, répondit-elle. Vous, oui ?

— Non... non. Si je pouvais seulement être sûr de vous. »

Elle se retourna sur la chaise longue verte du salon (laquelle, en fin de compte, était Empire et non Heppelwhite) et mit de côté une liste de linge et de couvertures.

« Cela a tout changé, n'est-ce pas ? murmura-t-elle.

— Oh, Dieu, oui ! Mais je crois encore que si nous retournions à Baltimore...

— Et manquions notre premier véritable été ensemble. Non, merci, mon mari.

— Mais nous sommes absolument seuls.

— N'est-ce pas à cela que je suis en train de faire de mon mieux pour remédier ? Ne vous tourmentez pas. Elle me plaît... me plaît jusque dans la moelle des os. Vous ne vous rendez pas compte de ce qu'est sa maison pour une femme. Nous croyions, l'an dernier, l'habiter, alors que nous n'avions pas commencé à le faire. N'êtes-vous pas heureux dans votre cabinet, George ?

— Je préfère être ici avec vous. (Il s'assit par terre contre la chaise longue, et prit la main de sa femme.)

— Sept heures, dit-elle, comme la pendule de Boule sonnait. Il y a deux ans, ce serait l'heure où vous rentreriez du bureau. »

Il tressaillit à ce souvenir, et se mit à rire.

« Le bureau ! J'ai été au travail dix grandes heures aujourd'hui.

— Où avez-vous déjeuné ? Avec les Conant ?

— Non ; à Dutton Shaw, assis sur un tronc d'arbre, les

pieds dans un marais. Mais nous avons retrouvé l'ancienne source, et allons en amener l'eau à Gale Anstey l'an prochain.

— J'irai voir cela demain. Oh! je vous en prie, ouvrez donc la porte, cher ami. J'ai besoin de regarder le long du corridor. N'est-ce pas adorable, ce coin près de la descente de l'escalier, où donne le soleil ? (Elle regarda d'entre ses paupières mi-closes la perspective de blanc ivoire et de vert pâle toute baignée d'or liquide.)

— Il y a une marche pour sortir de la chambre à coucher de Jane Elphick, poursuivit-elle... et le premier pas qu'il fera dans le monde devrait être pour monter. Je ne m'étonnerais nullement que ces gens l'aient mise là tout exprès. George, cela vous fera-t-il une différence, si ce garçon est une fille ? »

Il répondit, comme il avait déjà fait maintes fois, que tout ce qui l'intéressait, c'était sa femme, non point l'enfant.

« Alors, vous êtes la seule personne à penser comme cela. (Elle se mit à rire.) Ne faites pas le benêt, mon ami. On s'y attend. Je sais, moi. C'est mon devoir. Je ne pourrais plus regarder nos gens en face, si j'y manquais.

— De quoi se mêlent-ils! Le diable les emporte !

— Vous verrez. Heureusement, la tradition de la maison est pour les garçons, déclare Mrs. Cloke ; aussi suis-je garantie. Arriverez-vous jamais à comprendre ces gens-là ? Moi, non.

— Et nous avons acheté cela pour rire... pour rire, grogna-t-il. Et nous voici bouclés ici pour Dieu sait combien de temps !

— Mais, songiez-vous à la revendre ? (Il ne répondit pas.) Vous souvenez-vous de la seconde Mrs. Chapin ? »

Il s'agissait d'une petite femme aux sourcils noirs, hardie, effrontée — veuve, de préférence — qui, à la mort de Sophie, devait astucieusement épouser George pour sa fortune, et le ruiner en un an. George étant occupé, Sophie l'avait inventée de toutes pièces quelque deux ans après leur mariage, et s'imaginait être la seule femme à avoir eu cette idée.

« Vous n'allez pas la resservir ? demanda-t-il d'un air anxieux.

— Je voulais seulement dire que je haïrais quiconque achèterait Friars Pardon, dix fois plus que je ne haïssais la seconde Mrs. Chapin. Songez à tout ce que nous y avons mis de nous deux.

— Une couple de millions de dollars pour le moins. Je sais que j'aurais pu... (Il s'interrompit.)

— Les animaux ! poursuivit-elle. Ils construiraient sûrement une loge de concierge en briques rouges à la grille, et dépèceraient la pelouse pour y mettre des cor-

beilles. Il faut que vous laissiez des instructions dans

votre testament pour qu'*il* ne s'avise jamais de faire cela, George, n'est-ce pas ? »

Il se mit à rire, et lui prit de nouveau la main, mais ne dit plus un mot jusqu'à l'heure de s'habiller. Alors, il bougonna :

« Que diable est pour un homme un pays où il ne peut faire d'affaires ? »

Friars Pardon resta fidèle à sa tradition. En temps révolu, naquit, non point ce tiers vis-à-vis de qui Sophie voulait se montrer si bienveillante, mais un jeune dieu, surpassant, c'était manifeste, Éros en beauté, comme en sagesse Confucius ; un réhaut de délices, un renouveau de camaraderies — interprète de la Destinée. Cette dernière chose, George ne s'en aperçut qu'en rencontrant, peu de jours après l'événement, lady Conant qui traversait à grandes enjambées le petit bois de Dutton.

« Mon gaillard ! s'écria-t-elle. (Et elle lui appliqua sur le dos une tape cordiale.) Je ne peux pas vous dire combien nous sommes tous contents. — Oh, tout ira bien pour elle ! La naissance d'un héritier n'a jamais été cause d'aucun ennui à Friars Pardon... Voyons, où diable l'ai-je mis ? (Elle fouilla à pleine main dans sa jupe bordée de cuir, et en sortit un petit gobelet d'argent.) J'ai envoyé un mot à votre femme, mais mon âne de groom a oublié de prendre ceci. Vous allez m'éviter un voyage. Faites-lui mes amitiés. »

Elle décampa au milieu de son escorte d'airedales.

Le gobelet était usé et cabossé. Au-dessus des initiales entrelacées G. L., on voyait en cimier un oiseau sans pattes et la devise : *Demorez ung poï — Demorez ung poï*.

« Voici l'explication de l'énigme, murmura Sophie, lorsqu'il la vit, ce soir-là. Lisez son mot. Il n'y a que les Anglais pour savoir tourner de si jolis billets. »

La plus chaude des bienvenues à votre petit homme. J'espère qu'il saura apprécier son pays natal, maintenant que l'y voici arrivé. Quoique vous n'ayez rien dit, nous ne pouvons naturellement pas le considérer comme un étranger ; c'est pourquoi je lui envoie le vieux gobelet de baptême des Lashmars. Il est chez nous depuis que Gregory Lashmar, le frère de votre arrière-grand'mère...

George regarda sa femme.

« Continuez, » fit-elle d'un clignement de paupières, du fond des oreillers.

... arrière-grand'mère vendit son bien à la famille de Walter. Nous avons, semble-t-il, acquis à ce moment-là quelques-uns de vos dieux-lares ; mais seuls en subsistent le gobelet ainsi que le vieux berceau que j'ai découvert dans la resserre, .et que je vous fais remettre en état.

J'espère que le petit George... Lashmar, il le sera aussi, n'est-ce pas ?... verra ses petits-enfants se faire les dents sur son gobelet.

Affectueusement vôtre,

Alice CONANT.

P. S. T. Avez-vous été assez cachottiers sur tout cela !

« Ma foi, le di...

— Pas de gros mots, dit Sophie, c'est d'un mauvais exemple pour le petit.

— Mais comment, ma parole, y est-elle parvenue ? Avez-vous jamais dit un mot concernant les Lashmars ?

— Vous savez la seule fois... au jeune Iggulden, à Rocketts... Lorsque Iggulden est mort.

— Le frère de votre arrière-grand'mère ! Elle est remontée dans toute la parenté... mieux que votre tante Sydney ne l'eût pu faire. Que veut-elle dire à propos de notre silence ? »

Les yeux de Sophie étincelèrent.

« J'y ai réfléchi aussi. Nous tenons enfin les Anglais. Vous ne voyez pas que, d'après elle, nous pensions qu'il s'agissait là d'une de ces choses que les Anglais découvriraient bien tout seuls, et que cela lui a fait impression ? (Elle tourna le gobelet dans ses mains diaphanes, et soupira profondément.) *Demorez ung poï*

— *Demorez ung poï.* Ce n'est pas une si mauvaise devise, George. Cela en valait la peine.

— Mais je ne vois pas encore bien...

— Je ne serais pas surprise qu'à leurs yeux notre venue ici fasse

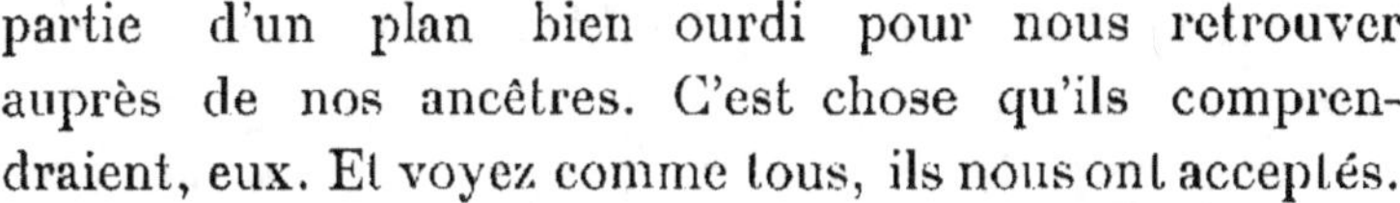

partie d'un plan bien ourdi pour nous retrouver auprès de nos ancêtres. C'est chose qu'ils comprendraient, eux. Et voyez comme tous, ils nous ont acceptés.

— Sommes-nous donc gens si peu désirables par nous-mêmes ? grommela George.

— Soyez juste, monsieur mon mari. Ce vilain homme de Sangres a deux fois plus d'argent que nous. Vous ne voyez pas la maman Conant lui appliquant une tape entre les épaules ? Quand ce serait pour tout l'or du monde ! Le pauvre être n'existe pas !

— Vous pensez alors que c'est cela ? (Il regarda du

côté de la bercelonnette installée près du feu, où ronflait le jeune dieu.)

— Dès que je serai remise, je saurai par Mrs. Cloke ce que les Lashmars distribuent en largesses... c'est plus joli que pourboires... toutes les fois qu'un petit Lashmar vient au monde. Jusqu'ici, j'ai fait mon devoir, mais on attend beaucoup de moi. »

Sur ce, entra Mrs. Cloke, laquelle resta penchée en adoration sur le berceau. On lui montra le gobelet, et sa face devint radieuse.

« Oh ! maintenant que lady Conant l'a envoyé, tout marchera bien, pas vrai ? *George*, naturellement, il le faut ; mais vu ce qu'il est, nous espérions... tout votre monde espérait... que ce serait aussi un *Lashmar*, et que cela arrondirait les choses. Un bien beau gobelet... y a pas son pareil, j'imagine. *Demorez ung poï — Demorez ung poï !* D'après ce que j'ai entendu, cela voudrait dire *Attendez un peu*. Eh bien ! c'est vrai pour les Lashmars, à ce qu'on prétend. Ils mettent du temps à remplir leurs maisons, oui-da. Tout probable que Master George, là-bas, ne se décidera qu'à la trentaine.

— Pauvre agneau ! s'écria Sophie. Mais comment avez-vous su que les miens étaient des Lashmars ? »

Mrs. Cloke réfléchit profondément.

« C'est sûr, que je ne saurais bien vous dire,

Madame ; mais j'ai vaguement idée que c'est quelque
parole que vous avez laissée échapper devant le jeune
Iggulden, quand vous étiez à Rocketts. Cela se pourrait,
que ce soit cela qui nous a mis la puce à l'oreille. Et c'est
de cette façon-là que c'est venu, une parole amenant
l'autre, tout en bavardant. Et ces gens d'Amérique,
à Veering Hollow, ont été très obligeants de nouvelles,
à ce qu'on m'a dit, Madame.

— Mazette ! dit George tout bas. Et c'est cela, le
simple paysan !

— Oui, poursuivit Mrs. Cloke. Et Cloke se demandait,
justement cet après-midi — votre oreiller a glissé, ma
chère petite, c'est pas comme cela qu'il faut se mettre.
Là ! — histoire de dire quelque chose, si vous ne pen-
seriez pas, à c't' heure, à racheter les fermes Lashmar,
Monsieur. Elles n'arrondissent pas bien la propriété de Sir
Walter. Elles s'en viennent de biais par chez nous. Cloke
serait content de vous montrer cela un de ces jours.

— Mais, Sir Walter ne tient pas à vendre, n'est-ce pas ?

— Nous pouvons le savoir par son intendant, Monsieur,
mais (d'un ton de mépris) je crois que voilà cette garde-
malade de Londres qui remonte de dîner : aussi, j'ai peur
que nous soyons obligées de vous prier, Monsieur...
Allons, Master George... faites risette, mon poulot !
Réveillons-nous une toute petite minute, mon agnelet »!

Quelques mois plus tard, ils étaient tous trois en bas, au ruisseau, dans les bois de Gale Anstey, en train de réfléchir à la reconstruction d'une passerelle emportée par

les crues du printemps. George Lashmar, ce jour-là, demandait toutes les jacinthes de la Terre du Bon Dieu à manger, et Sophie l'adorait d'une voix qu'on eût prise pour le roucoulement d'une colombe ; aussi, la besogne se trouvait-elle retardée.

« Voici l'emplacement, finit-il par dire du milieu des myosotis. Mais où diable sont les poteaux de mélèze, Cloke ? Je vous avais dit de les faire descendre tout prêts.

— Nous les descendrons, si vous le dites, répondit Cloke, avec un mouvement de la lèvre inférieure que le couple connaissait bien.

— Mais, je l'ai dit. Pourquoi faire, saperlotte ! avez-vous apporté ici une pareille charretée de bois ? Nous n'allons pas construire un pont de chemin de fer. Allons donc ! En Amérique, une demi-douzaine de morceaux de cinq sur dix seraient largement suffisants.

— Je ne prétends pas le contraire, repartit Cloke, et

j'ai rien à dire contre le mélèze... *si* c'est votre idée de
faire de l'ouvrage provisoire avec. J'suis pas ici, Monsieur, pour vous raconter ce qui n'est pas ; et vous ne
pouvez pas dire que j'ai jamais cherché à vous supplanter
en rien, ni à essayer de vous entraîner plus loin que vous
ne vous êtes fixé... »

Un an auparavant, George eût bouilli d'impatience.
Aujourd'hui, il se contenta de gratter de l'extrémité de
son sarcloir un peu de la boue qui salissait ses vieilles
guêtres, et attendit.

« Tout ce que je prétends, c'est que vous pouvez mettre
du mélèze et faire de l'ouvrage provisoire avec ; et d'ici
à ce que le jeune maître se marie, tout sera à recommencer. Pour ce qui est de moi, j'ai descendu une couple de
billes de chêne de quinze sur vingt, comme nous n'en
avons jamais encore traîné de si coquet. Vous plantez
cela, et vous v'là débarrassé de la question pour de bon.
De l'autre façon — je ne dis pas que c'est pas cela, je
dis seulement ce que je pense — eh bien, de l'autre
façon, il ne sera pas plus tôt marié que nous aurons tout
à refaire. Rien ne vous force à écouter ce que je dis,
mais vous ne pouvez pas sortir de là.

— Non, répliqua George, après un instant de silence ;
il y a déjà quelque temps que je m'en rends compte. Va
pour le chêne, alors ; il n'y a pas à en sortir. »

SORTI DES PRESSES
DE PROTAT FRÈRES,
A MACON, LE 25
JANVIER 1921

Ch. Baudelaire. — *Les Fleurs du Mal.*
Illustrations décoratives en couleurs de André Domin.

Molière. — *Monsieur de Pourceaugnac.*
Illustrations en couleurs de J. Hémard.

Dr Mardrus. — *L'Histoire du Portefaix et des Jeunes Filles* (Conte des mille et une nuits).
Vignettes en couleurs de J. Hamman.

Edmond Haraucourt. — *Le Poison.*
Illustrations en couleurs de Lucien Simon.

Ch. Baudelaire. — *Manuscrit trouvé dans une bouteille.*
Illustrations en couleurs de Pierre Falké.

Molière. — *Le Malade imaginaire.*
Vignettes en couleurs de J. Hémard.

En préparation

Honoré de Balzac. — *Le Père Goriot.*
Nombreuses illustrations en deux tons et couleurs de Quint.

Frédéric Mistral. — *Le Poème du Rhône.*
Eaux-fortes originales de P.-L. Moreau.

Molière. — *Le Bourgeois gentilhomme.*
Bois originaux en couleurs de Siméon.

Francis Jammes. — *Almaïde d'Étremont.*
Vignettes en couleurs de J.-B. Vettiner.

J.-K. Huysmans. — *Trois Églises.*
Eaux-fortes originales de Charles Jouas.

Honoré de Balzac. — *Le Péché Véniel.*
Vignettes en couleurs de J. Hamman.

Dr Mardrus. — *Alinour et Douce Amie* (Conte des mille et une nuits).
Vignettes en couleurs de Picart le Doux.

Envoi du catalogue sur demande.